또
정다운

정다운

소향 글

해랑 그림

차례

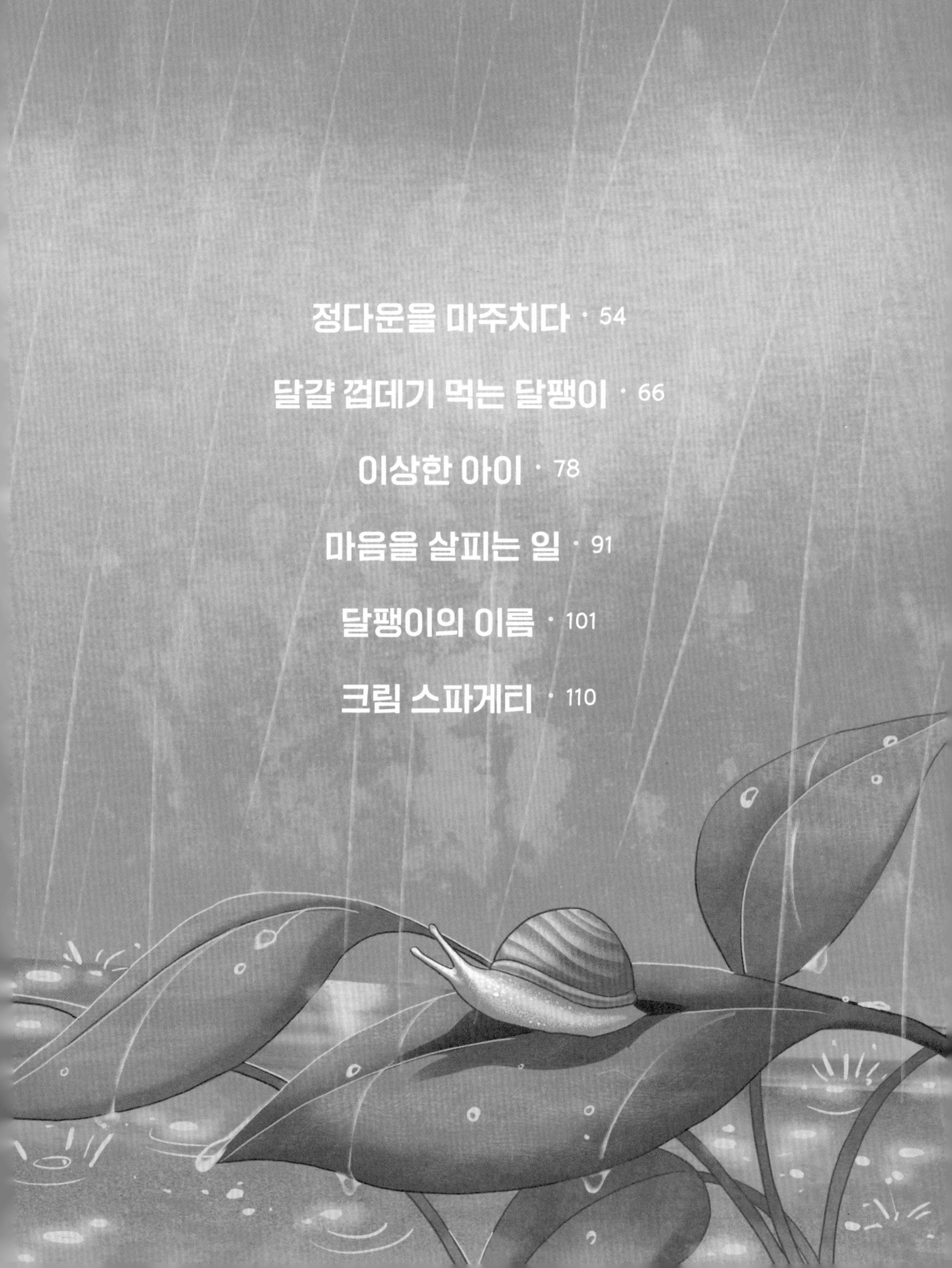

작가의 말

제가 동화 작가가 될 수 있게 해준 《또 정다운》은 원래 원고지 30매 정도의 짧은 이야기였어요. 그런데 짧은 '또 정다운'을 읽은 많은 분들이 민우의 이야기를 더 듣고 싶다고 요청해 주셨고 덕분에 이렇게 장편 《또 정다운》이 세상에 나올 수 있었답니다.

하지만 민우의 못다 한 이야기를 더 해 달라는 요청을 받았을 때, 선뜻 그러겠다고 대답할 수가 없었어요. 짧게 쓸 때도 쉽지 않았던 이야기를 더 해야만 한다는 것이 두려웠어요. 젤리처럼 말랑말랑하고 여린 민우의 마음에 패인 상처를 지켜보는 게 쉽지 않을 것이 분명했지요. 역시나 작가의 말에 다 담을 수 없을 만큼 쓰면서 많이 아팠습니다.

그렇지만 꼭 해야만 하는 이야기였어요. 민우와 비슷한 일을 겪은 친구들, 원치 않아도 지켜봐야만 했던 친구들, 남을 아프게 한 적이 있는 친구까지 이 책을 통해 이야기하고 다 함께 생각해 보길 바랐습니다.

다운이에게 상처받은 민우가 또 다른 다운이를 통해 마음을 열었듯이, 상처받은 적이 있는 모든 어린이가 진실한 친구를 만나 우정을 나누고 더욱 단단해지길 진심으로 바랍니다. 달걀 껍데기를 먹은 달팽이처럼요.

2025년 첫 달, 소향

또 정다운

새 학교로 전학 온 지 한 달 남짓, 드디어 소원이 이루어졌다. 그래서 내가 얼마나 기쁜지, 아무도 모를 거다.

소원이 뭐였냐고? 아마 들으면 좀 시시하다고 할 텐데.

내 소원은 인기가 많은 아이가 되고 싶다거나 비싼 게임기를 갖고픈 게 아니었다. 공부를 잘하게 되길 바라지도 않았다. 평범한 아이가 되는 것, 있는 듯 없는 듯 반에서 눈에 띄지 않는 아이가 되는 것. 그것이 작년 내내 간절히 바라던 소원이었다. 겪어 본 사람은 알 거다. 교실에서 주목받는 건 정말 괴로운 일이다.

오늘 4교시, 컴퓨터실에서 정서 행동 검사를 할 때였다. 아이들은 초고속으로 검사를 마치고 온라인 게임을 하거나 동영상 사이트에 들어가 노느라 야단이었다. 나도 막 동영상 사이트에 들어가려던 참이었다. 그때 뒷자리에서 떠드는 소리가 귓속을 파고들었다.

"야, 이거 검사해서 이상 있다고 나오면 어떻게 되는 거야?"

"어떻게 되긴. 정신과 다니라고 하겠지."

"정말? 그럼 학교 안 나와도 되는 거야?"

"어휴, 넌 그동안 학교 다녀 보고도 모르겠냐. 6학년 맞아? 학교도 다니고 정신과까지 다녀야 하는 거겠지."

정신과라는 단어를 듣는 순간 얼굴이 불에 덴 듯 화끈거렸다. 누가 날 바라보는 것 같은 착각도 들었다.

'저 두 녀석, 설마 뭘 알고 이야기하는 건 아니겠지…….'

"이제 모두 다 마친 것 같으니 컴퓨터 전원 끄고 교실로 가자."

선생님 말씀에 아이들은 아쉬운 탄성을 지르며 각자의 온라인 세상에서 빠져나왔다.

교실로 돌아가는 복도에서 정다운이 다가왔다. 또 정다운이다.

"이민우, 너, 상아아파트 살아?"

"어? 어."

"맞지? 어제 단지에서 너 본 거 같았거든. 잘됐다. 오늘 집에 갈 때 같이 갈래?"

"아, 미안. 나 오늘 학교 끝나고 어디 가야 해."

"그렇구나. 그럼 다음에 꼭 같이 가자."

정다운이 생글생글 웃는 얼굴을 내게 바싹 들이밀며 말했다. 그 바람에 정다운과 눈이 딱 마주쳤다. 나는 급히 고개를 바닥으로 떨구며 기어들어 가는 목소리로 대답했다.

"그래……."

새 학교에서는 그저 조용히, 아무도 친하게 지내고 싶

지 않았다. 그런데 정다운이 자꾸만 말을 걸어온다. 더구나 이름이 '정다운'이다. 내가 세상에서 가장 싫어하는 그 이름.

그랬다. 지난 학교에서 툭하면 나를 놀리고 망신 주던 아이 이름도 정다운이었다. 이름과 달리 전혀 정답지 않았던 그 녀석 때문에 내 4학년은 엉망이었다.

물론 '이 정다운'은 '그 정다운'이 아니다. 둘은 아주 다르다. 이름이 같고 덩치가 큰 것은 비슷하지만, 다른 것은 닮은 구석이 하나도 없다.

정답지 않았던 '그 정다운'은 나만 보면 짙은 눈썹을 송충이처럼 꿈틀거렸다. 그리고 움직일 때마다 큰 소리를 냈다. 학교에 오면 의자가 부서질 듯 털썩 주저앉아서 뒤돌아보지 않아도 녀석이 왔단 걸 알 수 있을 정도였다. 털썩! 그 소리가 들릴 때마다 내 심장도 쿵 떨어졌다.

'이 정다운'은 의자에 앉을 때 살포시 앉는다. 그리고 항상 헤실거린다. 쉬는 시간에는 교실 뒤 창가에서 키우는 육지 소라게를 보며 히죽거리기도 한다. 덩치에 어울리지 않게 꿈꾸듯 수줍은 표정을 지을 때면, 뭐가 그렇게 좋으냐고 물어보고 싶기도 했다.

그러나 둘의 이름이 같다는 게 문제였다. '이 정다운'은 좋은 아이인 듯했지만, 지난 학교의 정다운과 이름이 같다는 것만으로도 내가 피할 이유는 충분했다.

정다운이란 이름을 들을 때마다 가슴이 두근거리다 못해 아파 왔으니.

나한테 왜 그랬어?

다시 생각해도 지난 학교의 정다운이 나한테 왜 그랬는지 잘 모르겠다.

정다운과 나는 2학년 때 같은 반이 되면서 알게 되었다. 같은 반이지만 어울려 노는 사이가 아니어서 서로 데면데면했다. 나와 달리 정다운은 활달하고 친구가 많았다. 내가 운동을 잘하거나, 말을 재미나게 하거나, 탄성이 나올 정도로 만들기를 잘하거나 하는 건 아니다. 그래도 해마다 반에서 친하게 지내는 친구가 몇 명은 있었다. 그러니까 정다운과 틀어지기 전까지 내 학교생활은 괜찮은 편이었다.

그때는 몰랐다. 학교 수업을 마친 뒤 친구들과 땀 흘리며 놀고, 저녁밥을 먹은 다음 뒹굴뒹굴하다 걱정 없이 푹 잠드는 게 얼마나 행복한 일인지를.

4학년 때 다시 만난 정다운은 마치 다른 아이가 된 것 같았다. 어딘가 불안한 눈빛으로 늘 사방을 두리번거렸고, 온몸에서 싸늘한 기운이 뿜어져 나오는 듯했다. 키와 덩치가 훌쩍 자라서인지 더 낯설게 느껴졌다.

그러던 어느 날이었다. 무심코 고개를 돌리다 정다운과 눈이 딱 마주쳤다. 우리 둘은 잠시 동안 교실에 둘만 있는 것처럼 서로를 바라보았다. 나는 어색한 마음에 억지 미소를 지어 보였고, 정다운은 얼굴을 찡그리더니 홱 하고 고개를 돌려 버렸다. 단지 그뿐이었다. 하지만 얼마 지나지 않아서부터 정다운은 나를 무시하고 놀리기 시작했다. 하루도 넘어가지 않고 티나지 않을 정도로, 때로는 심하게 괴롭혔다. 그렇지만 때리거나 한 건 아니어서 선생님께 말하기도 망설여졌다. 별것 아닌 걸 이르는 고자질쟁이가 되는 것 같았으니까.

한동안 나빴다가 조금 좋아지고, 괜찮다 싶으면 다시 엉망이 되는, 길고 괴로운 날이 이어졌다. 그러다 드디어 여름 방학이 되었다. 평화가 찾아온 줄 알았던 그 시간은 지나고 보니 숨 고르기였다. 2학기가 되자 괴롭힘이 더 심해진 것이다.

학교 끝나고 집에 갈 때면 어느새 다가온 정다운은 이렇게 말하곤 했다.

"야! 가방 좀 들어 주라. 내가 야구 하다 다쳐서 말이야. 어깨가 너무 아프네. 도와줄 수 있지?"

"어? 어."

고맙다는 말과 동시에 정다운은 가방을 내게 던지다시피 건넸다. 뭐가 들은 건지 가방은 매번 몹시 무거웠다. 아픈 친구의 부탁을 거절하는 건 미안한 일이니까, 집이 같은 방향이니까, 몇 번 가방을 들어 줬다. 그런데 정다운의 요구는 점점 도를 지나쳤다. 자기가 다니는 학원까지 가방을 들어 달라는 바람에 나는 번번이 태권도나 영어 학원에 늦었다. 한번은 물건을 사야 한다면서 가게를 찾아 동네를 한 시간 넘게 빙빙 돌기도 했다. 내가 집에 가야 한다고 하니 정다운은 조금만 더 가면 된다며 자꾸만 붙잡았다. 다시 어렵사리 거절하자 정다운은 눈을 부릅뜨고 말했다.

"너, 진짜 나쁜 애구나? 아픈 친구 도와주는 건 당연한 일 아냐?"

어쩔 수 없이 나는 또 가방을 들었다. 양어깨에 가방을 하나씩 걸치고 걷는 내 뒤에서 언젠가 정다운이 빈정거렸다. 가방보다 작아서 이민우는 보이지도 않는다고. 그제야 그게 부탁이 아니고 괴롭힘이라는 걸 알았다.

밤늦은 시간에 전화를 걸어오기도 했다. 자다가 핸드폰 벨 소리에 놀라서 깨면 가슴이 토끼처럼 발딱거렸다. 별 내용은 없었다. 내일 숙제가 뭐냐, 아까 우리 반 누가 국어 시간에 한 말 기억하냐 같은 시답잖은 것들이었다. 내가 긴장한 목소리로 대답하면 정다운은 알았다며 아

무렇지 않게 전화를 끊었다. 나중엔 핸드폰이 울리기만 해도 곧바로 가슴이 콩닥거렸다. 나는 정다운이 점점 무서워졌다.

어느 가을 일요일, 교회에 가려고 집을 나섰을 때였다. 아파트 1층 현관 앞에 정다운이 있었다. 소스라치게 놀라는 나를 보고 정다운이 씩 웃었다. 그리고 엄마 아빠에게 깍듯한 자세로 인사했다.

"안녕하세요. 전 민우 친구 정다운이에요. 민우랑 놀고 싶은데 전화를 안 받아서 왔어요."

아무것도 모르는 엄마 아빠는 웃으면서 지금은 교회 갈 시간이니 오후에 오라고, 맛있는 걸 준비해 놓겠다고 했다.

그날 오후 정다운이 정말 우리 집에 왔다. 정다운은 내 방을 휘 둘러본 뒤 말했다.

"전화하면 제꺼덕 받아라. 누가 보면 내가 너 괴롭히는 줄 알겠어. 난 그냥 너랑 놀고 싶어서 그러는 거야. 어차피 너, 같이 놀 애도 없잖아."

가장 힘들었던 게 바로 이런 말을 들을 때였다. 아무도 너랑 놀려고 하지 않는다고, 나니까 너한테 말이라도 걸어 주는 거라는 말을 들으면 세상에서 가장 못난 아이가 된 것만 같았다.

정다운은 우리 아빠가 다니는 회사를 알고 있었다. 정다운 아빠도 우리 아빠와 같은 회사에 다니는데 우리 아빠보다 높은 사람이라고도 했다. 그다음 말은 하지 않았지만, 그 말을 왜 꺼냈는지 모를 수가 없었다. 부모님에게 이르지 말라는 뜻이란 걸.

엄마 아빠에게 말을 할까 말까, 하루에도 몇 번이나 마음이 갈팡질팡했다. 털어놓고 싶다가도 누군가 입을 틀어막기라도 한 듯 턱턱 말문이 막히곤 했다. 엄마가 속상해서 울면 어쩌지? 너는 잘못한 거 없냐고 화를 내는 건 아닐까? 엄마가 다른 엄마들에게 내 얘기를 물어보고 다니면 어쩌지? 그러다 아빠가 회사에서 나처럼 다운이 아빠에게 괴롭힘을 당하면 어쩌나 하는 데까지, 온갖 생각이 떠올라서였다.

시간이 지나면 괜찮아질 줄 알았던 건 나의 착각이었다. 정다운은 급기야 내가 누구와도 어울리지 못하게 만들어 버렸다. 나만 빼고 남자애들 단톡을 만든 것이다. 거기에 내 흉을 본 걸 주원이가 캡처해서 보내 주어서 알게 됐다.

이민우는 잘 삐져. 그러니까 친구도 없지.
잘난 척 대마왕에 피곤한 애야. 내가 불쌍해서 잘해 줬는데
은혜도 모르더라. 그러니까 이민우랑 놀지 마.

한 글자 한 글자가 날카로운 칼날 같았다. 유일하게 남은 친구였던 주원이가 나를 피하기 시작한 것도 그 무렵이었다. 정다운 한 명이 아니라, 모두가 나를 싫어하는 것만 같았다. 교실에서 나는 눈 내리는 겨울의 얼음 동상처럼 외로웠다.

곰곰이 생각했다.

'정다운은 나에게 왜 이러는 걸까? 내가 덩치가 작아

서? 말싸움이나 욕을 잘하지 못해서? 아니면 혹시 나도 모르는 새 무언가 크게 잘못한 적이 있는 걸까? 그래, 기억을 잘 떠올려 보자, 진심으로 사과하면 용서해 줄 거야.'

하지만 아무리 생각해도 이유를 알 수가 없었다. 그렇다고 물어볼 수도 없었다. 정다운을 바라보기만 해도 몸이 돌처럼 굳어 버렸으니까.

수업 시간에 정다운이 선생님 눈을 피해 내 행동을 흉내 내면 몇몇 아이들은 소리를 죽여 가며 키득거렸다. 그 웃음소리는 화살처럼 날아와 내 가슴에 아프게 꽂혔다. 교실 밖으로 도망가 버리고 싶은 순간들이었다.

그럴 때마다 혼자여도 좋으니 친구들 눈에 띄지 않는 평범한 애가 되게 해 달라고 빌었다. 제발 내 기도를 들어 달라고도…….

무슨 말을 하든, 무슨 행동을 하든 빈정거리는 통에 난 점점 아무것도 하지 않는 아이로 변해 갔다. 그때 나는 모든 게 엉망이었다.

아무도 나를 모르는 곳

그래도 내가 정다운을 견딜 수 있었던 건 언제가 끝이 날 거라는 희망 때문이었다. 5학년이 되면 다른 반이 될 테고 그러면 괜찮아질 거란 생각으로 참고 버텼다. 그런데 12월의 마지막 금요일이자 4학년 종업식 날, 정다운과 다시 같은 반이 된 걸 알고 난 숨을 쉴 수가 없었다. 환호성을 지르며 교실을 썰물처럼 빠져나가는 아이들 뒤로 나는 혼자 남아 있었다.

선생님이 웃으며 다가왔다.

"민우는 집에 안 가니? 선생님이랑 헤어지는 게 그렇게 슬퍼?"

고개를 들어 선생님을 바라보았다.

눈물을 글썽거리는 나를 보고 깜짝 놀라 선생님의 눈이 커다래졌다.

"아니, 왜 그래. 무슨 일 있어?"

"선생님, 다운이랑 저 또 같은 반 돼요? 왜요?"

"뭐?"

"그때 제가 말씀드렸잖아요. 내년에는 꼭 다운이랑 다른 반 되게 해 달라고요. 기억 안 나세요?"

"그랬던가? 아, 맞다. 그랬지."

선생님에게 말하면 당연히 그대로 될 줄 알았다. 엄마에게 말하면 왜 그러냐고 물을까 봐, 모든 걸 알게 되어 속상할까 봐 일부러 말하지 않은 건데, 그래서 선생님께 부탁했던 건데, 내 말을 잊을 거라고는 생각도 못 했다. 어떻게 내 부탁을 잊어버린 건지 선생님이 원망스러웠다.

절망에 빠진 나를 보며 선생님이 조심스러운 목소리로

다시 말했다.

"눈물이 날 정도로 다운이랑 같은 반 되기 싫어하는 줄은 몰랐네. 미안해."

선생님이 부러웠다. 나처럼 학교 다니는 게 무섭지 않을 테니까, 아침에 눈을 뜨는 게 두렵지 않을 테니까.

집으로 돌아와 참았던 울음을 터뜨렸다. 정다운이 밉고 선생님은 더 미워서 울고 또 울었다. 그렇게 큰 소리로 운 건 아마도 그때가 태어나 처음이었을 거다.

밥을 먹지 못하고 잠도 제대로 못 자는 날이 이어졌다.

어느 날, 엄마와 아빠가 나를 붙잡아 앉혔다.

"너, 무슨 일 있지."

고개를 떨구며 아니라고 중얼거렸다.

하지만 엄마는 내 팔을 잡은 손에 힘을 주었다.

"아니긴 뭐가 아니야. 너 부쩍 해쓱해진 거 알아? 늘 표정도 어둡고, 밥도 먹는 둥 마는 둥 하고. 도대체 무슨 일이야. 엄마한테 말해 봐."

엄마의 재촉에 결국 그동안의 일을 털어놓고 말았다. 띄엄띄엄 이어지던 말은 어느 순간 폭풍처럼 쏟아졌다.

후련해진 건 아주 잠깐이었다. 그동안 계속 걱정했던 일이 일어나고야 만 것이다. 엄마는 얼굴이 종이처럼 하얘지더니 나를 안고 몸을 떨며 흐느꼈다. 아빠는 벽을 보며 긴 한숨을 내쉬다가 자리에서 벌떡 일어났다 다시 앉기를 반복했다.

"왜 진작 말하지 않았어. 아니, 네 잘못이 아니야. 엄마가 미안해. 너무 미안해……."

엄마는 울음을 쉽게 그치지 못했다.

다음 날 엄마는 종일 아무 말도 하지 않았다. 가끔 "왜 빨리 눈치채지 못했을까.", "왜 지켜 주지 못했을까." 중얼거리는 것이 전부였다. 눈이 빨간 걸 보면 울었거나, 잠을 자지 못한 게 틀림없었다. 아빠 역시 계속 얼굴이 굳어 있었다.

이럴까 봐, 이럴까 봐 말을 하지 않았던 거였다. 더 참았어야 했는데…….

집 안에 부연 먼지처럼 회색 공기가 차오르기 시작했다.

이틀이 지났다. 엄마는 꼭 다른 사람이 된 것 같았다. 다시 기운을 차린 듯 아침밥을 두 그릇이나 먹었다.

엄마가 밥그릇을 깨끗이 비우고 숟가락을 식탁에 내려놓고 나서야 나는 그 이유를 알게 되었다.

"오늘 학교 찾아갈 거야. 아빠랑 같이."

"뭐? 아니 왜!"

"왜는 왜야. 학교 폭력 신고해야지. 아빠가 알아봤더니 방학에도 신고할 수 있대. 심지어 초등학교 졸업한 후에도 가능하대."

눈앞이 깜깜해지는 것 같았다.

"그러면 선생님들 앞에서 전부 얘기해야 하잖아. 소문나서 전교생이 다 알면 어떡해."

"지금 그게 문제니?"

나는 잠시 머뭇거리다 말했다.

"다운이 아빠가 회사에서 아빠보다 높은 사람이라고 했단 말이야."

"뭐?"

"다운이가 그랬어. 자기네 아빠가 우리 아빠보다 높은 사람인데 내가 이르면 자기 아빠한테 말할 거라고. 다운이 아빠가 아빠를 괴롭히면 어떡해?"

내 말에 엄마 아빠는 동시에 입을 벌리더니 어깨를 늘어뜨리며 "하!" 하고 허탈한 한숨을 내쉬었다. 나는 엄마 아빠가 왜 그런 표정을 짓는지 알 수 없었다.

"아빠가 알기로는 아빠 회사에 네 친구 부모님은 없어. 다운이 말이 사실이라고 해도 아들이 시키는 대로 그런 짓을 하는 아빠가 있겠니? 그래도 만약에, 아주 만약에 다운이 말이 사실이고 다운이 아빠가 진짜로 아빠를 괴롭힌다면, 그건 옳지 않은 일이니까 아빠도 가만있지 않지. 그 얘기는 아마 다운이가 너를 겁주려고 꾸며 낸 말일 거야."

"하지만 아빠 회사가 어딘지 알고 있었어."

"너는 기억하지 못하지만 네가 언젠가 말한 적이 있겠지."

듣고 보니 아빠 말이 맞았다. 이번에는 내 입에서 한숨이 새어 나왔다.

'왜 그 생각을 하지 못했을까? 왜 덜컥 그 말을 믿었을까?'

또다시 나 자신을 탓하고 있었다.

고개를 푹 떨구니 내 마음을 읽기라도 한 듯 아빠가 이어서 말했다.

"너는 겁을 먹어서 다운이 말이 거짓이라고는 생각하지 못했을 거야. 걱정과 고민으로 다른 생각이 들어갈 틈이 없던 거지, 네 탓이 아니야."

내 탓이 아니라는 말에 목구멍이 콱 조여 왔다. 진작 털어놓을 걸 싶었다. 내 탓이 아니라는 말은 그 정도로 힘이 되었다.

"오늘 학교 가서 이 말도 꼭 해야겠다. 이런 협박을 하다니."

솟아나려던 눈물이 엄마의 말에 다시 쏙 들어갔다.

나는 다급하게 소리쳤다.

"싫어! 그러면 다른 애들도 다 알게 될 거야. 전에 다른 반에서 있었던 일도 전교에 다 소문 났어. 우리 반 애들이 이상하게 보는 것도 너무 싫었는데, 다른 반 애들까지 그러면 어떡해? 난 그런 거 싫어!"

엄마가 나를 가만히 바라보더니 한숨을 푹 쉬었다.

잠시 무언가 생각하던 엄마가 다시 말했다.

"알겠어. 그럼 정다운 엄마를 먼저 만나 볼게. 그러고 나서 신고 생각해 보자."

"아니, 그것도 하지 마. 제발."

엄마는 이해할 수 없다는 표정이었다.

"이건 그냥 넘어갈 일이 아니야. 엄마 아빠는 절대 못 참아."

"지난 일 다시 얘기하고 싶지 않아요. 다 잊어버리고 싶어요. 진짜 그러고 싶어요."

엄마가 어쩔 줄 몰라 했다. 내 입에서 존댓말이 나온다는 건 아주 굳게 마음먹었다는 뜻이니까.

이번엔 아빠가 말했다.

"그럼 민우, 너는 어떻게 하고 싶니? 엄마랑 아빠는 이제라도 알았으니 너를 도와주고 싶어서 그래."

나는 망설이다 입을 열었다.

"전학…… 가고 싶어."

사과받는다고 기분이 나아질 것 같지 않았다. 더는 반 아이들 입에 오르내리고 싶지 않았다. 그냥 아무도 나를 모르는 곳으로 가고 싶었다. 그런 곳이라면 새롭게 시작할 수 있을 것 같았다. 꼭 다시 태어난 것처럼.

아빠가 깊게 가라앉은 목소리로 말했다.

"그래. 생각 좀 해 보자."

며칠 후, 밖에서 들려오는 말소리에 설핏 잠을 깼다. 시계를 보니 밤 11시가 넘었다. 방문을 열고 나가려다 문고리를 잡은 채 그 자리에 멈춰 섰다. 나에 대한 이야기였다. 고개를 빼꼼 내밀었더니 식탁에 마주 앉아 진지하게 이야기를 나누는 엄마 아빠가 보였다.

엄마는 이사할 집을 알아보는 듯했다.

그러나 아빠는 엄마의 이사 계획을 반대했다.

"너무 충동적인 결정 아니야? 반 배정 바꿔 달라고 학교

에 얘기하면 되잖아. 이사까지 할 필요가 있나?"

"엊그제는 자기도 한번 생각해 보자고 했잖아!"

"그거야 민우 달래려고 한 말이지."

"민우가 원해."

"다른 것도 생각해야지. 당신, 집이 회사 근처라 좋아했잖아."

"지금은 무엇보다 민우가 우선이야."

"당연하지. 그래도 좀 더 시간을 두고 생각해 보자."

"당신도 민우 중학교는 좀 큰 데로 보내고 싶다고 하지 않았어? 계획보다 좀 일찍 가는 것뿐이야. 민우만 생각하자."

아빠는 무릎을 손가락으로 탁탁 두드리며 더는 대꾸하지 않았다. 깊은 생각에 잠긴 것처럼 보였다.

엄마와 아빠 사이에 조마조마한 줄다리기가 이어지던 어느 날 밤이었다. 자려고 누웠는데 방문 두드리는 소리가 났다. 나는 들어오시라고 대답했다.

아빠가 문을 열고 들어와 침대 한쪽에 걸터앉아 내 머

리를 쓰다듬으며 물었다.

"민우야, 전학 꼭 가고 싶니?"

나는 말없이 고개만 끄덕였다.

"엄마 아빠가 도와줄 테니까 계속 여기서 지내보는 건 어때? 아빠는 어쩐지 도망가는 것 같아서 말이야. 피하지 말고 맞서 보면 어떨까? 용감하게."

아빠가 주먹을 불끈 쥐며 웃어 보였다.

나도 그 생각을 하지 않은 건 아니다. 하지만 이젠 정다운뿐 아니라 모두 나를 싫어하는 듯했다. 내 편은 아무도 없는 것만 같았다. 집 밖으로 한 발짝도 나가기 싫은데 다시 학교에 갈 생각을 하면 숨이 턱 막혔다.

나는 속삭이듯 말했다.

"아무도 나를 모르는 곳으로 가고 싶어."

아빠는 이불을 내 목까지 덮어 주고 조용히 방문을 닫고 나갔다. 그리고 다음 날 엄마에게 이사하자고 말했다. 그렇게 5학년이 되기 직전 이사 온 곳이 지금 사는 동네다.

푸른정신과

새 동네는 중학교 입학을 위해 이사를 많이 오는 곳이라 전학생이 적응하기도, 새롭게 시작하기도 좋은 곳이라고 했다. 아빠는 출퇴근 시간이 오히려 줄었는데, 엄마는 걸어서 출근하던 회사를 버스로 50분이나 가야 했다. 미안해하는 나에게 엄마는 자꾸만 괜찮다고 했다.

이사 간 동네는 마음에 들었다. 전에 살던 아파트보다 작고 낡았지만, 그런 건 문제가 아니었다. 전엔 높은 층에 살았는데, 새집은 3층이라 창밖으로 커다란 나무가 보이는 것도 마음에 들었다. 봄이 되면 연녹색 잎이 잔뜩 돋아날 거란 생각에 기분이 좋아졌다. 다시 돋는 새잎과 함께 나도 새로운 삶을 살 수 있을 것 같았다.

하지만 기대와 달리 깊은 잠을 못 자거나 악몽을 꾸는 날이 여전히 계속되었다. 가끔 너무 무서운 꿈을 꾸고 나면 엄마 아빠 사이에 누워 다시 잠을 청하기도 했다.

어느 날, 엄마와 아빠가 깜짝 놀랄 말을 꺼냈다. 정신과에서 치료받자는 거였다. 정다운이 없는 곳으로 온 건 뛸 듯이 기뻤다. 하지만 정신과는 아니다. 나는 세차게 고개를 흔들었다.

"싫어! 정신과 다니는 거 알면 다들 날 미친 애 취급할 거야."

내 말에 아빠가 목소리를 높였다.

"그게 무슨 소리야. 그렇지 않아, 민우야. 정신과는 마음에 병이 생기면 누구나 가는 곳이야. 평생 감기 한번 안 걸리는 사람 있니? 아니잖아. 몸에 병이 걸리는 것처럼 마음도 그럴 수 있어. 그리고 이제 막 전학 왔는데 남들이 어떻게 알아. 그런 걱정은 하지 않아도 돼.”

“싫어. 절대 안 가. 왜 내가 병원에 다녀야 해? 잘못한 건 정다운인데?”

“알지 그럼. 그런데 민우야, 네가 뭘 잘못해서가 아니야. 그건 그냥 사고였어. 사고로 상처받은 마음을 치료하고 앞으로 혹시 또 그런 일이 생기면 어떻게 대처해야 하는지 방법을 배우려는 거야. 덧난 상처를 치료하지 않으면 더 심하게 곪듯이 마음도 마찬가지거든. 네 손톱 좀 봐. 하도 물어뜯어서 깎을 게 없잖아. 잠도 제대로 못 자고……”

엄마가 내 손을 꼭 잡으며 한 말이었다. 그러다 또 눈물을 보였다.

정신과 치료를 받는다는 건 정말 문제가 있는 아이라고 확인 도장을 받는 기분이었다. 하지만 엄마와 아빠가 나를 위해 얼마나 애쓰는지 알기 때문에 계속 고집을 부릴 수가 없었다.

나는 한참을 망설이다 입을 열었다.

"…… 오래는 안 다닐 거야."

아빠가 낮게 잠긴 목소리로 대답했다.

"그래, 그러자."

전학 온 지 얼마 되지 않은 3월 중순부터 정신과에 다니게 되었다. 엄마와 아빠는 번갈아 회사를 조퇴하고 함께 병원에 가 주겠다고 했다. 정신과가 있는 건물은 학교에서 가깝지도 멀지도 않았다. 학교를 마치고 엄마가 알려 준 길로 10분 좀 넘게 걸으니 흰색 건물이 보였다. 고개를 들어 1층부터 6층까지 건물 간판을 쭉 훑어보았다. 1층 약국을 시작으로 한의원, 정형외과, 신경외과, 안과 등 온갖 병원이 들어찬 건물이었다. 엄마가 말해 준 푸른정신과는 5층에 있었다.

"민우야!"

고개를 돌리니 엄마가 웃으며 나에게 손을 흔들고 있었다.

5층으로 올라가는 엘리베이터에서 엄마가 말했다.

"아빠가 의사 친구한테 부탁해서 알아본 곳인데 원장님이 실력 있고 좋은 분이래. 학교에서는 살짝 멀지만, 지하철 앞이라 엄마 아빠가 조퇴하고 바로 오기도 편해서 여기로 정했어. 앞으로 예약 있는 날엔 학교 끝나고 곧장 여기로 오면 돼. 알았지?"

나는 아무 대답도 하지 않고 그냥 엘리베이터 숫자만 바라보았다.

복도를 조금 걸으니 병원 유리문이 보였다. 엄마가 먼저 문을 밀고 들어갔다. 문에 달린 종이 딸랑거리는 소리가 울려 퍼졌다. 괜히 어깨가 움츠러들며 슬며시 짜증이 났다.

'왜 저런 걸 달아 놓은 걸까, 안 그래도 사람 온 거 다 알 텐데.'

종을 떼 버리고 싶었다. 종소리가 마치 '이민우라는 아이가 마음이 아파서 왔습니다.'라고 광고하는 것 같아서였다.

슬리퍼로 갈아 신고 병원 안에 들어섰다. 내부는 연두

색으로 꾸며져 있었다. 책도 많고, 게임기도 있었다. 그리고 무엇보다 커다란 화분이 아주 많았다. 그래서 이름이 푸른정신과인 듯했다.

나는 소파 구석에 몸을 파묻고 사람들을 관찰했다. 주로 어린아이가 많았지만, 나이 든 사람도 있었다. 웃으며 노는 아이들을 보니 이곳이 유치원인지 병원인지 헷갈렸다. 엄마가 접수처 간호사 선생님에게 다가갔다.

선생님이 밝은 목소리로 물었다.

"이름이요?"

"이민우요."

"처음 왔나요?"

"네."

"그럼 여기 작성 좀 해 주세요."

딱히 큰 목소리도 아닌데 엄마와 선생님의 말소리가 귀에 날아와 박혔다.

'남들이 내 이름 듣는 거 싫은데…….'

고개를 살짝 돌리고 주변을 둘러보았다. 다행히 유심히 듣는 사람은 없는 듯했다.

잠시 후 엄마가 가방을 고쳐 메며 내 쪽으로 다가왔다. 그때 갑자기 놀던 아이 중 한 명이 일어나 까르르 웃으며 뛰기 시작했다. 그러자 다른 아이가 그 아이를 잡으려고 뛰는 통에 병원이 소란스러워졌다. 아이 엄마로 보이는 아줌마가 일어나 아이 뒤를 따라갔고, 혼자 온 듯한 할머니는 눈살을 찌푸렸다. 병원 안의 사람들을 보니 이런저런 생각이 떠올랐다.

'저 아이들은 아무렇지 않아 보이는데 여기 왜 온 걸까? 나처럼 괴롭힘을 당한 걸까? 아니, 저렇게 밝게 웃는 걸 보면 그럴 리가 없는 거 같은데. 저 할머니는 왜 온 거지? 나이가 많아도 마음이 힘든가? 그럼 어른이 돼서 좋은 게 도대체 뭐야?'

그때 다시 종이 울리고, 초등학생으로 보이는 아이가 아빠와 함께 들어왔다. 또래를 보니 혹시 우리 반 아이일까 봐 나도 모르게 몸에 힘이 들어갔다. 아니, 그런 생각을 하기도 전에 몸이 벌써 움츠러드는 기분이었다. 다행히 모르는 아이였다.

"이민우 어린이, 원장실로 들어가세요."

간호사 선생님의 목소리가 너무 큰 것 같았다. 병원 안에 있는 사람들이 모두 나를 바라보는 듯했다. 다음에는 이름을 작게 불러 달라고 해야 할까 고민하며 나는 엄마를 앞질러 빠른 걸음으로 원장실로 갔다.

이상한 원장님

원장실은 아주 환했다. 커다란 창으로 환한 햇빛이 쏟아져 들어와 잠시 눈을 감아야 할 정도였다. 원장님은 창가에 등을 보이고 서 있었다. 하나로 묶은 머리카락이 꽤 길었다.

인기척을 느낀 원장님이 뒤돌아 나를 바라보고 미소 지었다.

“왔니? 날이 좋아서 얘네들도 기분이 좋은 것 같아.”

원장님이 창가에 늘어선 화분들을 손으로 가리키며

한 말이었다.

특이한 분이라는 생각이 들었다. 원장실에 혼자 있지 않았다면, 의사라고 생각하지 못했을 거다. 전혀 의사처럼 보이지 않았기 때문이다. 원장님은 수염이 덥수룩하고, 흰 가운이 아니라 제주 여행 때 본 갈옷을 입고 있어서 꼭 유적지의 해설사 같았다. 게다가 조금 얼이 빠진 듯하고 어딘가 정신없어 보이는 아저씨였다.

원장님의 손짓에 따라 나는 원장님 맞은쪽 의자에, 엄마는 조금 뒤에 있는 작은 소파에 앉았다. 원장님은 아무 말도 하지 않았다. 그저 나를 보고 싱글싱글 웃기만 했다. 길어지는 어색한 순간을 견디는 게 점점 어려워졌다. 내가 먼저 아무 말이라도 해야 하나 고민하는데, 등 뒤에서 엄마의 작고 조심스러운 목소리가 들렸다.

"저, 선생님. 민우가 학교 폭력을 당했어요."

순식간에 얼굴에 열이 확 올랐다.

원장님이 엄마를 보고 웃으며 말했다.

"어머니, 제가 민우랑 얘기할게요."

"네?"

"제가 이야기 나눌 사람은 민우니까요."

"아, 네."

엄마가 살짝 얼굴을 붉혔다.

원장님이 이번에는 나에게 말했다.

"엄마랑 같이 있고 싶니? 아니면 밖에 계시면 좋겠니?"

나는 잠시 망설이다 대답했다.

"저 혼자 얘기하고 싶어요."

내 말에 엄마는 원장님에게 고개를 한 번 까딱하고는 밖으로 나갔다.

엄마가 나가자 원장님이 미소를 띠고 나에게 물었다.

"혹시 동물 키우니?"

"네, 명주달팽이요."

"오. 그냥 달팽이라고 하지 않고 명주달팽이라고 하는 것 보니 달팽이에 대해 잘 아는가 보구나?"

"아니요. 그냥 우연히 발견했는데, 그대로 두면 죽을 것 같아서 데려왔어요. 어떻게 키워야 하나 알아보려고 인터

넷도 보고, 책도 보고, 그러다 보니 알게 되었어요. 다른 달팽이는 잘 몰라요."

그날은 유독 마음이 좋지 않은 날이었다. 정다운의 차가운 눈빛이 유난히 아프게 날아와 꽂힌 날, 이 세상 누군가가 나를 싫어할 수도 있다는 걸 너무나 확실하게 알아 버린 날이었다. 한낮인데도 사방이 온통 어두컴컴하고 내 마음처럼 무거운 비가 추적추적 내리고 있었다. 길을 가는데 달팽이 한 마리가 눈에 쏙 들어왔다. 그냥 두면 사람들 발에 밟힐 것 같았다. 껍데기가 깨질까 조심스레 집어 풀숲에 놓아주고 다시 길을 걸었다. 그러나 몇 걸음을 걷다 말고 다시 달팽이에게 다가가 집어 들어 손바닥에 올렸다. 달팽이가 외로워 보여서였다. 그냥 두고 가면 영영 혼자일 것만 같았다. 손바닥에 올렸을 때, 빗물 같기도, 아니면 눈물 같기도 한 물 자국을 남기며 달팽이가 천천히 미끄러지던 그 느낌이 아직도 생생하다.

"사진 있니?"

나는 핸드폰을 꺼내서 화면을 켜고 원장님에게 건넸

다. 사육장 안에 여기저기 구멍 난 상추가 깔려 있고, 그 위에 달팽이 몇 마리가 있는 사진이었다.

원장님이 사진을 보며 감탄했다.

"우아, 한 마리가 아니네?"

"네, 새끼를 낳았거든요. 제가 처음 발견한 애는 얘예요."

"이름이 뭐야?"

"없어요."

"왜?"

"언젠가는 죽을 텐데 이름 지어 주면 그때 더 슬플 것 같아서요."

"그렇구나. 키운 지는 얼마나 됐어?"

"작년 초여름부터요."

"와, 잘 키웠구나. 달팽이가 원래 그렇게 오래 사니?"

"이 년 정도, 길면 삼 년도 산대요."

"이야, 생각보다 오래 사는걸."

내가 굳은 얼굴을 한 채 아무 대답이 없자, 선생님이

왜 그러냐는 표정을 지었다.

"사람으로 치면 노인이 되어 가는 중인걸요. 곧 죽을지도 몰라요."

그러자 선생님이 뜻밖의 대답을 했다.

"다행이네."

'다행이라고? 늙어 가고 있다는데, 곧 죽을지도 모르는데 뭐가 다행이라는 거지?'

정말 이상한 사람이라는 생각에 눈살이 찌푸려지려는 순간 원장님이 이어서 말했다.

"민우 아니었으면 그때 죽을 수도 있었는데, 민우가 구해 줘서 달팽이가 무사히 늙어 가고 있잖아. 아마 엄청 고마워하고 있을 것 같은데."

눈이 번쩍 뜨였다. 배 속에 따뜻하고 간질간질한 덩어리가 생기는가 싶더니 곧 온몸으로 뭉근하게 퍼져 나갔다. 무사히 늙어 가는 것이 행운이라니. 나는 왜 한 번도 그런 생각을 하지 못했을까? 달팽이가 더듬이를 쭉 뻗고 나를 빤히 바라볼 때는 무슨 말을 건네려는 건가 싶을 때도 있었다. 어쩌면 고맙다는 말을 하고 싶었던 걸지도 모르는 거였다.

나는 원장님과 달팽이에 대해 더 이야기를 나누었다. 예상대로 원장님은 '식집사'였다. 좋아하는 꽃과 나무, 요즘 빠져 있는 화초에 대해 무척 신나 하며 이야기했다. 시간이 꽤 지난 뒤에 원장실을 나왔다. 엄마가 빠른 걸음으로 다가와 작은 목소리로 속사포처럼 질문을 퍼부었다.

"원장님이 뭐라셔? 엄마 들어오래? 앞으로 치료는 어떻게 하기로 했어?"

"그런 얘기는 안 했어."

엄마의 눈이 커다래졌다.

"응? 그럼 무슨 얘기 했는데?"

"달팽이 얘기."

"뭐? 그렇게 오래 있었는데 달팽이 얘기만 했다고?"

"아니, 꽃이랑 나무 얘기도 했어."

엄마는 황당한 표정을 지었다. 하지만 나는 이상하게만 보였던 원장님이 조금 좋아졌다.

정다운을 마주치다

그 후 매주 목요일마다 푸른정신과에 가기로 했다. 원장님은 다시 만나도 재밌는 사람이었다.

세 번째로 병원에 간 날, 원장님이 나에게 검사를 받아 보겠냐고 했다.

"어떤 검사요?"

"종합 심리 검사라고, 민우의 현재 마음 상태를 알아보는 전체적인 심리 검사야. 여러 측면에서 현재 상황을 파악해 문제를 살펴보고 민우가 어떤 특성과 잠재력을 가

졌는지도 알게 되지. 잠재적인 위험 요인을 살펴서 피해야 할 건 없는지도 알 수 있고. 많이들 받는 검사인데 하기 싫으면 하지 않아도 돼. 지금처럼 원장님이랑 얘기하면서 천천히 알아 가도 되니까."

"검사하면 어떤 게 좋은데요?"

"원장님과 민우가 민우에 대해 좀 더 잘 알고 이해하게 되지. 여러 가지로 도움을 받을 수 있어. 무엇에 흥미를 느끼고, 어떤 친구와 잘 맞는지, 무엇 때문에 마음이 힘든지도."

그날 저녁 부모님과 함께 이야기를 나누었다. 아빠는 나에게 어떻게 하고 싶으냐고 물었다. 나는 조금 생각하고 나서 검사를 받겠다고 했다. 병원을 오래 다니는 건 바쁜 엄마 아빠한테 미안한 일이었다.

다음 날 엄마가 병원에 전화를 걸어 검사 예약을 잡았다. 통화를 마치고 엄마가 차근차근 설명해 주었다. 여러 가지 검사를 하는데 그중에는 수백 문제에 답을 적는 것도 있다고 했다. 그건 시간이 오래 걸려서 병원에서 하지 않고 미리 검사지를 받아 집에서 적어 가야 한다고 했다. 엄마와 아빠도 함께 검사를 받을 거라고도 했다. 엄마와 아빠가 모두 휴가 낼 수 있는 날 검사 예약을 할 수 있어 다행이라며 엄마가 미소 지었다.

엄마는 웃는데 나는 미안했다. 내가 병원에 다닐 일이 없었다면 이런 걸 하지 않아도 됐을 테니까.

내 표정을 살피던 엄마가 부드럽게 말했다.

"엄마랑 아빠는 민우에 대해 더 잘 알게 될 거라 벌써 기대되는걸?"

주말이 지나고 월요일에 아빠가 퇴근하면서 병원에서 큰 봉투를 받아 왔다. 안에는 여러 장의 안내문과 수백 문제에 답을 적어야 한다는 그 검사지가 들어 있었다.

저녁을 먹고 검사지를 폈다. 종이마다 질문이 가득했다. 언제 다 하나 한숨이 나올 지경이었다. 질문을 읽고 '네'와 '아니오' 중 하나를 고르는 건데, 답을 금방 고를 수 있는 질문도 있었지만 어떤 건 애매해서 고르기가 힘들었다. 겨우 둘 중 하나를 고르는 것인데 말이다.

엄마가 내 연필이 어떤 문제에서 한참 동안 머물러 있는 걸 보고 말했다.

“선생님이 너무 고민하지 말고 곧바로 떠오르는 걸로 답하면 된다고 하셨어. 그리고 솔직하게 답해 주면 민우 마음에 대해 잘 알게 되어서 더 잘 도와줄 수 있대.”

엄마의 말에 마음이 편해져 다시 문제를 찬찬히 읽으며 답을 작성했다. 다 끝내고 기지개를 쭉 켜자, 엄마가 검사지를 다시 봉투에 넣었다.

예약한 날에 엄마 아빠와 함께 병원에 갔다. 검사는 여러 가지였고 오래 걸렸다. 지난번 학교 컴퓨터실에서 했던 정서 행동 검사와는 비교도 되지 않았다. 원장님이 아닌 임상 심리사 선생님이 했는데 나에게 이것저것 묻기도 하고, 집이나 나무, 사람을 그리라고도 했다. 카드를 한 장씩 보여 주면서 따라 그리는 검사도 했다.

미완성 문장을 완성하는 검사도 있었다. 짧은 구절과 연결된 밑줄이 그어진 빈칸을 채워서 온전한 문장을 완성하는 거였다.

검사를 마치고 나서 진료비를 내는 엄마에게 간호사 선생님이 다음 상담하는 날 결과를 알 수 있다고 말하는 소리를 들었다.

결과라는 말에 가슴이 두근거렸다.

'결과가 어떻게 나올까. 시험처럼 점수가 매겨지는 걸까? 결과가 좋지 않게 나와서 원장님이 나를 이상하게 보면 어쩌지? 앞으로 병원은 얼마나 다녀야 하는 걸까. 한 달? 3개월? 6개월? 설마 1년 넘게?'

병원을 나서는 발걸음이 무거워졌다.

다시 일주일이 빠르게 지나갔다. 지난주에 검사한 결과가 나오는 날, 엄마는 중요한 일이 있대서 아빠와 함께 병원에 가기로 했다. 엄마가 못 가는 걸 안타까워하니까 아빠는 잘 듣고 전해 주겠다고, 걱정하지 말라고 했다. 아빠와 나는 처음 푸른정신과에 방문한 날처럼 병원 건물 앞에서 만나기로 약속했다.

수업이 끝나고 학교를 나설 때였다. 교문 앞에 아빠가

서 있었다. 반가운 마음에 한달음에 아빠에게 달려갔다.

"병원 앞에서 보기로 했잖아."

"아들 조금이라도 빨리 보고 싶어 왔지. 오늘 재밌었어?"

"학교가 맨날 똑같지 뭐."

심드렁한 척했지만, 아빠가 와서 기분이 좋았다.

멀리 병원 건물이 보일 때쯤, 조금 망설이다가 아빠에게 물었다.

"아빠, 나 검사한 거 말이야. 결과가 좋지 않게 나오면 어떡해?"

"아닐 거야. 너무 걱정하지 마."

"만약에 그러면."

"그럼 그에 맞게 치료받으면 되지."

'그에 맞게 치료받는다고? 어떤 치료일까? 힘들거나 부끄러운 것은 아닐까? 나 같은 아이들은 얼마나 있을까?'

걱정은 덜어지지 않고 새로운 궁금증만 늘었다.

"마음은 어떻게 치료하는 거야?"

"응?"

"마음은 보이지 않잖아. 그런데 어떻게 치료해?"

아빠는 바로 대답하지 못했다.

먼 곳을 바라보며 생각에 잠기는 듯하던 아빠가 나를 향해 고개를 돌리더니 손을 꼭 잡았다.

"아빠도 잘은 모르겠지만 말이야. 마음하고 몸은 서로 연결되어 있잖아."

"그걸 어떻게 알아?"

"우리 몸 안에 마음이 들어 있는 건 확실하지? 우리가 생각하고 느끼니까."

"음. 아마?"

"이렇게 손을 잡으면 아빠가 민우를 사랑한다는 걸 민우도 마음으로 느낄 수 있지?"

나는 가만히 고개를 끄덕였다.

"아마 그렇게 하는 게 아닐까? 마음의 치료는."

알 것도 같고 모를 것도 같았다.

아빠 손을 잡고 걷는 건 오랜만이었다. 아빠 손은 크고

따뜻했다. 든든한 느낌이 좋아 계속 이렇게 걷고 싶었다. 하지만 쑥스러워서 아빠 손을 헐겁게 잡으며 내 마음을 감추었다.

아빠와 병원 건물 입구에 도착했을 때였다. 누군가가 나를 부르는 소리가 들렸다.

"이민우!"

가슴이 철렁 내려앉았다. 고개를 돌리기 전, 이미 정다운이란 걸 알았다. 뒤를 돌아보자 정다운이 아빠에게 꾸벅 허리를 숙이며 인사했다.

"안녕하세요. 저는 같은 반 친구 정다운이에요."

아빠가 조금 놀란 목소리로 정다운에게 인사했다.

"아, 그래. 이름이…… 다운이라고? 그렇구나. 반갑다."

나는 잡는 시늉만 했던 아빠의 손을 힘을 꽉 주어 다시 잡았다. 그건 신호였다. 아빠가 말하기 전에 내가 먼저 할 거라는.

"정다운, 여기 웬일이야? 난…… 이가 아파 치과에 왔는데."

말끝에 나도 모르게 침이 꼴깍 넘어갔다.

“그랬구나. 우리 엄마가 여기서 일하셔서 나도 자주 와. 그럼 치료 잘 받고 가. 아저씨, 안녕히 가세요.”

정다운은 씩 웃고는 건물 안으로 총총 들어갔다.

‘정다운 엄마가 여기서 일하신다고?’

푸른정신과가 있는 건물은 약국과 병원만 있는 건물이다. 바로 보이는 1층 약국으로 들어가지 않는 걸 보니 거기는 아닌 듯했다.

‘그럼 한의원일까? 정형외과? 안과? 푸른정신과 원장님은 남자니까 거기도 아니겠지.’

갑자기 머리가 아파 왔다.

건물 안으로 들어가는 정다운을 지켜보던 아빠가 말했다.

“민우야, 아빠가 갑자기 배가 고프네. 우리, 그냥 맛있는 거나 먹으러 갈까?”

아빠가 내 손을 큰길 쪽으로 잡아끌었다. 오늘은 검사 결과가 나오는 날인데, 내 마음이 어떤지 알게 되는 날인데, 바쁜 아빠가 회사도 조퇴하고 왔는데, 다 헛수고가 되고 말았다. 나는 아빠 얼굴을 똑바로 볼 수가 없었다. 거리는 온통 봄기운으로 포근하고 부드러운데, 나만 혼자 꽁꽁 얼어붙은 것 같았다.

"미안해, 아빠……."

"미안하긴 뭐가. 괜찮아. 뭐 먹을래? 스파게티?"

나는 고개를 가로저었다.

"그냥 집에 가……."

작년에 정다운이 나를 생일 파티에 초대한 적이 있다. 이제 나랑 잘 지내려고 그러나 기대에 차서 특별한 선물까지 정성껏 준비했다. 하지만 정다운도, 생일 파티에 온다던 아이들도, 한 시간이 넘도록 아무도 나타나지 않았다.

그날 혼자 앉아 있던 식당 메뉴판에 크림 스파게티가 보였다. 참 다행이었다. 좋아하는 음식을 먹으면 기분이 나아질 테니까. 그래서 크림 스파게티를 주문해서 먹었다.

참 이상한 일이었다. 기분이 하나도 나아지지 않은 것

이다. 자꾸만 울컥 솟아나려는 눈물을 삼키며 간신히 반 접시를 먹고 집으로 돌아왔다.

그날 이후 나는 다시는 크림 스파게티를 먹지 않았다.

달걀 껍데기 먹는 달팽이

다음 날 학교에 가자마자 정다운이 말을 걸어왔다.

"이민우, 어제 치료 잘 받았어? 우리 엄마가 그러는데 미소치과보다는 저쪽 큰길가에 있는 여우치과가 더 좋대."

나는 내 눈앞에서 이를 드러내며 활짝 웃는 정다운을 빤히 바라보았다.

알고 있다. 이 정다운은 나를 괴롭히던 그 정다운이 아니다. 이 정다운은, 좋은 애다. 게다가 나랑 친해지고 싶은

지 다정하게 대해 준다. 하지만 난 아직도 정다운이란 이름을 들을 때마다 온몸이 뻣뻣하게 굳는 것 같다.

'제발 나에게 관심 좀 갖지 말아 줄래.'

이렇게 말하고 싶었지만, 소리 내어 말하지는 않았다. 그렇게 하는 건 몹시 튀는 행동이니까. 이럴 때 어떻게 하면 좋을지 터득한 좋은 방법을 알고 있다. 질문이 이어지지 않게 짧게 대답하기.

나는 최대한 무심한 얼굴로 말했다.

"그래, 알았어. 고마워."

정다운은 멈칫하더니 멋쩍은 미소를 짓고 자기 자리로 돌아갔다. 미안한 마음이 들었다. 그래도 어쩔 수 없었다.

1교시는 사회 시간이었다. 선생님이 한창 설명을 하고 있을 때였다. 갑자기 뒤에서 비명에 가까운 큰 소리가 들렸다.

"아! 건들지 말라고!"

선생님과 아이들 모두 놀라서 소리 나는 쪽을 바라보

았다. 역시나 건우였다.

건우는 전학 온 첫날부터 눈에 띄었다. 목소리가 크고, 잠시도 가만있지 못하고, 조금만 심기가 불편해도 화를 내며 소리를 질렀기 때문이다.

"건우야! 왜 그래. 무슨 일 있니?"

"얘가 자꾸 책상을 앞으로 밀잖아요. 신경 쓰이게 자꾸 덜컹거리고."

건우가 민서를 노려보며 큰 소리를 냈다. 교실의 책상 배치는 네 명이 한 모둠을 이루고 있었는데 건우 맞은쪽 자리가 민서였다.

민서가 어쩔 줄 몰라 하며 말했다.

"지우개질하니까 책상이 흔들려서 그런 건데……."

민서의 말이 끝나기도 전에 건우가 주먹으로 책상을 쾅 내리쳤다.

"웃기지 마. 일부러 그런 거잖아!"

"아니야, 책상 다리 고무가 빠져서 그래."

민서가 울먹이자 선생님이 부드러운 목소리로 건우를

달랬다.

“잠깐만, 건우야. 수업 시간 중간에 그렇게 큰 소리를 내면 다른 친구들에게 폐가 되잖아. 민서 책상이 균형이 안 맞아 그런 건데 조금 뒤로 가 달라고 다시 부탁해 보면 어떨까?”

“아, 아까부터 말했는데 자꾸 그런다고요! 얘가 잘못했는데 왜 저한테만 뭐라고 하세요!”

“선생님이 쉬는 시간에 민서 책상 다리에 패드 새로 끼워 줄게. 알겠지?”

선생님은 민서에게 조금만 책상을 뒤로 물려 달라고 말하고는 다시 수업을 이어 갔다.

“자, 모둠장 나와서 학습지 받아 가세요.”

건우는 작은 소리로 무어라 툴툴거렸지만, 조금 전보다는 한풀 꺾인 듯했다. 건우와 반대로 나는 이마가 찌푸려졌다. 얼마든지 좋은 말로 할 수 있는 걸 왜 저렇게 화를 내는지 이해가 가지 않았다. 이번이 처음이면 모르겠는데 건우는 하루에도 몇 번이나 수업을 방해했다. 선생님도 평소에 건우 때문에 힘들어할 때가 많았다.

신기한 것은 아이들이 그런 건우를 그다지 싫어하지 않는다는 거였다. 싫어하기는커녕 쉬는 시간이나 점심시간에 건우가 혼자 있는 걸 본 적이 없었다. 교실 뒤에서 아이들과 큰 소리로 웃고 떠들고 서로 부둥켜안고 뒹굴기 일쑤였다.

정말 알다가도 모를 일이었다. 나는 지금껏 다른 아이에게 화를 내거나, 수업 시간에 소리치는 건 상상도 해 본 일이 없었다. 그건 다른 사람에게 피해를 주는 일이니까. 그런데 그런 짓을 반복하는 건우를 아이들이 좋아하는 건 도통 이해할 수 없었다.

점심시간이 되었다. 일찌감치 급식을 먹은 애들은 벌써 운동장에 나갔고, 교실에 남은 아이들은 서너 명씩 모여 그림을 그리거나 이야기를 나누고 있었다. 나는 양치하고 나서 내 자리에 앉아 멍하니 봄이 오는 운동장을 바라보았다. 아무것도 하지 않고 가만히 있는 순간이 참 좋았다.

계속 이렇게 있고 싶었다.

그때 정다운과 건우가 교실로 뛰어 들어왔다. 정다운이 다가와 나를 보고 웃으면서 숨을 크게 헐떡였다. 마치 아침에 생긴 우리 사이의 작은 어색함은 기억도 못 한다는 듯이.

"민우야, 나가서 같이 축구 하자. 우리 반하고 삼 반하고 대결한대."

운동을 잘하지는 못해도 축구는 좋아했다. 작년에는 정다운 때문에 한 번도 축구를 못 해서 슬며시 끼고 싶은 마음도 들었다. 하지만 김건우처럼 제멋대로인 애랑 축구라니, 그렇게까지 하고 싶지는 않았다.

"아니, 괜찮아. 나 축구 잘 못해."

"오 교시 체육이라 어차피 운동장 나가야 하잖아. 못하는 애들 많아. 같이 하자."

"난 진짜 괜찮아."

옆에서 발을 동동 구르던 건우가 다급한 목소리로 정다운의 팔을 잡아 흔들며 말했다.

책나무

"아, 그만해. 내가 얘 분명히 안 한다고 할 거라고 했잖아. 빨리 나가자. 벌써 시작했겠어. 괜히 시간 낭비했네."

건우는 뭐라 더 말하려는 정다운을 억지로 잡아끌며 교실 밖으로 나갔다. 보아하니 정다운은 나를 축구에 끼우려고 일부러 교실에 들른 듯했다.

정다운이 좋은 애라고 생각해 왔다. 하지만 김건우와 어울리는 모습을 보자 조금 달리 보였다. 한자 학습지에서 '유유상종'이라는 사자성어를 배운 적이 있다. 그 밑에는 "같은 무리끼리 서로 사귀다."라고 뜻이 적혀 있었다. 정다운이 김건우와 친하다면 김건우랑 비슷한 애일지 모른다. 겉으로는 웃지만 알고 보면 못된 애일지도 모를 일이란 말이다.

아직은 우리 반 아이들이 어떤지 잘 모르니 조심해야겠다는 생각이 들었다. 어떻게 얻은 평화인데…… 깰 수는 없었다.

손끝이 저절로 입가로 향했다. 나도 모르는 사이 손톱을 깨물려 하고 있었다. 흠칫해서 황급히 무릎으로 손을 내리고 주먹을 꼭 쥐었다. 가슴이 한동안 콩닥거렸다.

다시 푸른정신과에 가는 날이 되었다. 나는 1층에서 엘리베이터를 타기 전 주위를 둘러보았다. 또 정다운을 마주칠지도 모르니까.

지난주에 못 들은 검사 결과를 들으려니까 조금 긴장되었다. 간호사 선생님이 나에게 밖에서 잠깐 기다리라고 해서 엄마 아빠만 먼저 원장실에 들어갔다. 셋이서 무슨 얘기를 할지 무척 궁금했다. 잠시 후 나도 원장실 문을 열고 들어갔다.

검사 결과를 말할 줄 알았는데 원장님은 지난 일주일 동안 나의 생활에 관해 물었다. 주로 학교생활에 대한 질문이었다. 나는 묻는 대로 대답했다. 달팽이 안부도 묻길래 요즘 잘 먹는 채소 얘기를 했다. 그러자 원장님이 달팽이가 수박을 좋아한다던데 진짜냐고 물었다.

"네, 맞아요. 아직은 수박이 나오지 않아 못 주는데 여름에 주면 잘 먹어요."

"그럼 수박색 똥을 싸니? 달팽이는 먹이 색하고 똑같은 색깔 똥을 싼다던데."

"네. 수박을 먹으면 불그스름한 색, 상추를 먹으면 초록색 똥을 싸요."

"그것 참 신기하구나."

"그렇지만 채소만 먹이면 안 돼요."

"왜?"

원장님의 눈이 동그래졌다.

"달팽이집을 튼튼하게 유지하려면 칼슘이 필요해요. 달팽이집을 패각이라고 하는데 패각이 손상되면 달팽이가 죽을 수도 있거든요. 그래서 달걀 껍데기를 가루로 곱게 빻아서 줘요."

"그럼 달걀 껍데기 색 똥을 싸니?"

"네."

원장님과 내가 마주 보고 웃었다. 진료를 마치면서 원장님이 작은 알약 하나를 보여 주었다. 새끼손톱보다 작고 둥근 하얀 약이었다.

“오늘부터 선생님이 약을 처방해 줄 거야. 매일 같은 시간에 먹어야 한다.”

“약이요? 저 아파요?”

약을 먹을 거라고는 생각 못 해서 조금 놀랐다. 몸이 아니라 마음이 아파도 약을 먹는 건가? 기분이 이상했다.

“많이는 아니고 조금. 하지만 약 먹으면서 선생님 계속 만나고 운동도 하면 금방 좋아져. 그럼 더는 먹지 않아도 되는 날이 올 거야.”

“이 약은 어디가 아프면 먹는 건데요?”

“민우 마음이 지금 힘든데 이겨 낼 수 있게 도움을 주는 약이야.”

‘마음이 힘들다니. 그건 작년 얘기다. 지금은 괜찮다. 누가 나를 괴롭히지도 않고, 아무렇지도 않다. 아무것도 하지 않고 가만히 있으면 너무 좋은데 무슨 말을 하는 거지?’

원장님이 내가 무슨 생각을 하는지 다 안다는 표정으로 이어서 말했다.

"달걀 껍데기를 주면 달팽이집이 튼튼해지는 것처럼, 이 약도 민우 마음이 튼튼해지는 데 도움이 될 거야."

원장님이 자리에서 일어나는 엄마에게 말했다.

"어머니, 약은 병원에 있으니까 약국이 아니라 접수 데스크에서 받아 가세요."

엄마 아빠와 함께 원장실을 나왔다. 잠시 후 병원비를 내면서 약을 받았다. 간호사 선생님이 약통에서 약을 한 알 꺼내며 엄마에게 말했다.

"이 약은 어른의 절반만 먹어야 해서 모두 반으로 쪼개 담았어요. 하루에 반 알씩 저녁에 먹이세요."

간호사 선생님이 시범을 보이듯 알약 하나를 반으로 똑 쪼개고는 쪼개진 알약을 약통에 도로 넣었다. 다시 생각해도 궁금했다. 눈에 보이는 약이 어떻게 눈에 보이지 않는 마음에 닿아서 낫게 하는 것인지.

그날 저녁 엄마가 물과 함께 약을 주었다. 엄마 손바닥에 조그만 반달 같은 약이 놓여 있었다. 약을 입에 넣고 물을 한 모금 마셨다. 달팽이가 달걀 껍데기를 먹는 것처럼.

이상한 아이

아침에 학교 가는 길이었다. 평소보다 조금 늦어 서두르며 아파트 정문을 나서는데 정다운이 내 이름을 부르며 달려왔다. 이사 온 지 꽤 됐는데 등굣길에 정다운을 만난 건 처음이었다. 나는 학교에 일찍 가는 편이고, 정다운은 지각을 겨우 면할 정도로 늦곤 해서다.

정다운이 몹시 반가워하며 말했다.

"학교 일찍 가니까 민우, 너도 만나고 좋다."

"어? 어. 그런데 지금 일찍 아니고 좀 늦었는데. 지각할 수도 있어."

"아냐. 안 늦어. 나 평소보다 삼 분이나 빨리 나왔어. 종 치기 전에 충분히 들어가. 내일도 만나서 같이 갈래?"

"으응? 그래."

내 입에서 어색한 대답이 흘러나왔다. 정다운은 계속 무어라 종알거리며 말을 이어 갔다. 그러나 내가 정다운에게 물어보고 싶은 건 따로 있었다. 전에 병원 건물 앞에서 마주친 뒤, 궁금했지만 차마 물어보지 못한 질문이 머릿속을 맴돌았다.

'너희 엄마 어느 병원에서 일하셔?'

하지만 그걸 물으면 이야기가 꼬리에 꼬리를 물다가 푸른정신과까지 닿을까 봐 망설여졌다. 그렇다고 그냥 넘어가자니 그때처럼 또 정다운을 마주치면 어쩌나 신경이 쓰였다.

"오늘 학교 끝나고 나랑 같이 놀래?"

다정한 목소리가 복잡한 머릿속을 비집고 들어왔다. 정다운의 얼굴을 바라보았다. 희고 둥근 얼굴이 나를 보며 환하게 웃고 있었다. 다시 한번 정다운이 나에게 성큼 다가온 것이다. 나와 친해지려는 아이가 있다는 건 기분 좋은 일이었다. 누군가 이렇게 다가온 것도 참 오랜만이다. 그런데 왜 하필 정다운일까.

푸른정신과에 갈 때마다 언제 마주칠지 몰라 조마조마한 정다운, 말썽꾸러기 김건우와 친해서 어쩌면 저도 말썽꾸러기일지 모르는 정다운. 그리고 이름을 들을 때마다 아픈 기억을 떠올리게 하는 정다운.

나는 마음을 다잡았다.

'그래, 아직은 아니야. 아직은.'

뭐라고 거절해야 하나, 학원 핑계를 대야 하나 고민하는 바로 그때 김건우가 우리 둘 사이를 파고 들어왔다.

그러더니 정다운의 어깨에 팔을 두르고 짐짓 심각한 목소리로 물었다.

"정다운, 이따 축구 알지?"

"어, 알지."

김건우는 계속 축구 얘기를 하며 정다운만 쏙 데리고

빠른 걸음으로 앞질러 갔다. 정다운이 뒤를 돌아보며 나를 향해 손을 크게 흔들었다. 거절할 참이었지만, 막상 정다운이 김건우와 가 버리니까 마음 한구석이 휑했다. 그리고 미처 하지 못한 물음은 차곡차곡 개어져 마음속 서랍으로 들어갔다.

과학 시간이었다. 선생님이 오늘 실험으로 단열이 잘되는 집 모형을 만들 거라고 했다. 먼저 우드록으로 집 모형을 만들라고 했다. 모든 모둠이 같은 재료로 같은 모양의 집을 만들었다. 그다음 여러 재료가 담긴 바구니에서 한 가지를 골라 겉면을 꾸미고 모형 안에 손난로를 넣은 뒤 두 시간 뒤 가장 실내 온도가 높은 모둠을 뽑는 실험이었다. 어떤 재료로 두르느냐에 따라 집 안 온도가 달라질 것이었다.

과학실에 가기 전 제비뽑기를 했다. 이번 달 학급 회의에서 한 달 동안 과학실 모둠을 제비뽑기로 정하기로 했기 때문이다. 모둠 숫자가 적힌 쪽지를 펼 때마다 아이들 얼굴에 기대와 아쉬움이 번갈아 나타났다.

나는 한 번도 얘기해 본 적 없는 두 아이, 그리고 정다운과 함께 같은 모둠이 되었다. 정다운이 과학책과 필통을 들고 다가왔다. 과학실로 가는 복도에서 정다운은 나와 같은 모둠을 하는 게 처음이라며 신나 했다. 마지못해 미소를 지어 보였다.

과학실에서 나는 꿔다 놓은 보릿자루처럼 아무 말도 하지 못했다. 같은 모둠이 된 두 아이가 계속 자기가 재료를 골라 오겠다고 우겨 댔기 때문이다.

"야! 뽁뽁이 비닐이 무슨 단열이 된다고 그래."

"왜 안 되냐! 우리 할머니 집에 겨울마다 창문에 뽁뽁이 붙여 놓거든."

"어휴. 그것보다는 털 공이 더 잘되겠지. 이름에도 털이 들어가잖아."

"털 공? 그건 그냥 알록달록 색깔만 예쁘거든. 차라리 고무찰흙이 낫겠다."

"뭐? 고무찰흙? 그건 차가운데 무슨 단열이 된다는 거야."

두 아이는 곧 싸울 기세였고 나는 어떻게 해야 할지 몰랐다. 정다운이 중재해 주길 바라고 쳐다봤더니 녀석은 싱글싱글 웃기만 했다. 혹시 남이 다투는 걸 좋아하나, 정말로 정다운은 못된 구석이 있는 걸까 하고 다시 의심이 들었다.

"잘 알지도 못하면서 고집 피우기는."

"고집은 네가 피우잖아. 으이구, 그러니까 네가 친구가 없지."

그러니까 네가 친구가 없지. 그 말을 듣자마자 나는 신경이 바짝 곤두섰다. 나에게 한 말도 아닌데 말이다. 예전 학교 정다운이 저런 말을 할 때 나를 바라보며 깔보던 표정이 생각났다. 그 말을 들을 때면 내가 한참 모자란 애가 된 것 같았고, 그 표정을 볼 때면 세상에서 가장 작은 아이가 된 것만 같았다. 나도 모르게 어깨가 움츠러들었다.

그런데 그때, 그 말을 들은 녀석이 배를 쑥 내밀며 우

스꽝스러운 자세로 맞받아쳤다.

“너보단 많거든.”

“어? 맞네. 인정!”

두 아이가 배를 보고 키득거렸다. 정다운도 함께 웃었다. 나도 헛웃음이 나왔다. 마주 보고 웃는 녀석들을 보고 있자니 어이가 없으면서 조금 허탈해지기까지 했다. 저렇게 농담처럼 해도 되는 말이었다니. 저렇게 아무렇지 않게 받아치다니. 나는 듣기만 해도 아팠는데, 말 속에 박힌 가시가 콕콕 찌르는 것처럼 아파서 대꾸도 하지 못했는데, 저렇게 장난치며 말할 수도 있는 거였다.

아침으로 찬 우유에 시리얼을 먹어서 그런지 계속 속이 불편하더니만 급기야 점심 먹는 중에 도저히 못 참을 지경이 되었다. 하는 수 없이 밥을 먹다 말고 화장실에 갔다. 학교에서 볼일을 보기는 싫었지만, 어쩔 수가 없었다. 아이들이 화장실로 몰려들기 전에 빨리 나가야겠다고 생각하는데 밖에서 말소리가 들렸다. 아까 과학실에서 갈은 모둠을 했던 두 아이의 목소리였다.

내 이름이 나왔다.

"야, 이민우 좀 이상하지 않아?"

"어, 이상해."

과학실에서는 아무 일도 없었다. 그런데 왜 내 얘기를 하는 걸까? 오히려 저 두 녀석이 계속 우겨 대고 장난치는 바람에 우리 모둠이 가장 늦게 집을 완성했는데 말이다. 나는 귀를 더 쫑긋 세웠다.

"걘 왜 그렇게 한 마디도 안 해? 애들하고 놀지도 않고 맨날 운동장만 쳐다보고."

"그러게. 그래도 제멋대로인 건우보다는 낫잖아."

"건우는 건들지만 않으면 착해. 난 차라리 장난쳐도 건우가 낫더라."

"하긴. 모둠 활동할 때 아무것도 안 하는 건 좀 그렇지?"

머리를 한 대 맞은 것 같았다. 과학 시간에 그 애들이 서로 먼저 하려고 해서 양보한 거였는데, 아무것도 안 하

는 이기적인 애가 되어 버렸다.

잠시 후 화장실이 조용해졌다. 문을 열고 밖으로 나와 교실로 갔다. 거의 다 밖에 나갔는지 교실엔 몇 명 남아 있지 않았다.

화장실에서 들은 말이 갈수록 머릿속에서 선명해졌다. 내가 김건우보다 못하다는 건 그만큼 충격이었다.

'도대체 애들은 어떤 친구를 좋아하는 거지? 나도 김건우처럼 못되게 굴어야 하는 걸까?'

생각이 자꾸만 커지다 마침내 울고 싶을 정도로 괴로워졌다.

창밖을 바라보았다. 완연한 봄이었다. 화단에는 알록달록 꽃이 활짝 피어 있었고, 아이들이 뛰어노는 소리가 열린 창문으로 들어왔다. 간식을 나눠 먹으면서 재잘거리며 걸어가는 아이들도 있었다.

불쑥 나도 저기 끼고 싶다는 생각이 밀려왔다. 가만히 있는 걸 좋아하는 줄 알았는데, 누구와도 이야기하지 않는 게 평화로운 건 줄 알았는데 아니었나 보다. 얼마 만에 이런 생각이 든 건지 가늠도 되지 않았다. 예전 내 모습이 떠올랐다. 나도 한때는 저 애들과 같았다. 작년 그 일이 있기 전까지는……. 티격태격하다가도 곧바로 헤헤거리는 아이들 사이로 예전의 밝았던 내 모습이 보였다.

가슴이 답답해져 운동장으로 달려 나갔다. 중앙 현관으로 연결되는 복도를 달리며 소리라도 지르고 싶은 기분이었다.

그런데 그때였다. 너무 놀라 내달리던 발을 순식간에 딱 멈추었다. 도저히 믿을 수가 없었다. 중앙 현관 밖 구령대 위에 그 정다운이 서 있었다. 정다운이 구령대 난간에 기대어 운동장에서 노는 아이들에게 무어라 소리치고 있었다. 옆모습이지만 틀림없었다. 평범했던 나를 이상한 애로 만들어 버린, 낯선 동네로 이사까지 하게 만든 그 정다운이었다. 마구 뛰는 가슴이 도무지 진정되지 않았다.

당장이라도 따져 묻고 싶었다. 내가 무얼 그리 잘못했길래 나한테 그런 거냐고, 너 때문에 누구에게도 마음을 열 수가 없다고, 그래서 아직도 하루하루가 힘이 든다고 말이다.

후들거리는 다리를 끌고 한 발 한 발 천천히 정다운에게 다가갔다. 가면서도 못 본 척 돌아갈까 고민이 되었다. 정다운의 등 바로 앞까지 갔을 때, 정다운의 이름을 부르려던 입을 차마 떼지 못했다. 어깨를 두드리려던 손도 도로 툭 떨구고 말았다. 나는 아직 정다운을 마주할 용기가 없었다.

그때 점심시간의 끝을 알리는 예비 종이 울렸다. 그리고 소리에 맞춰 정다운이 몸을 뒤로 돌렸다. 어쩔 수 없이 서로 얼굴을 마주하게 된 것이다. 그런데 그 아이의 얼굴을 보고 나는 그만 허탈해지고 말았다. 정다운이 아니었다. 분명 정다운이 틀림없었는데, 처음 보는 아이였다. 나 혼자 착각하고 용기조차 내지 못한 것이다.

새 학교에는 그 정다운이 없는데, 나는 아직도 그 애에게서 벗어나지 못하고 있다.

마음을 살피는 일

엄마와 나는 푸른정신과 원장님을 푸른 원장님이라고 줄여서 부르곤 했다. 엄마에게 푸른 원장님이 마법사 같다고 말한 적이 있다. 가끔 놀라울 정도로 내 마음을 잘 알아차리기 때문이다. 지금이 바로 그런 때다.

푸른 원장님이 내 얼굴을 빤히 바라보며 물었다.

"혹시 선생님한테 하고 싶은 말이 있니?"

"저, 이제 약 안 먹을래요."

"왜?"

"먹어도 달라지는 것도 없는데 뭐 하러 먹어요."

나는 김건우에 대한 이야기와 며칠 전 화장실에서 들은 걸 말했다. 다른 아이를 정다운으로 착각한 얘기는 차마 하지 못했다. 나도 모르게 자꾸만 말이 빨라졌다.

그러다 어느 순간 숨을 한 번 고르고는 가장 묻고 싶은 걸 물었다.

"김건우 같은 장난꾸러기도 친구가 많은데 전 왜 친구가 없어요? 저는 다른 애들을 괴롭히지도 않는데 애들은 왜 저보고 이상하다고 해요?"

말을 끝내기도 전에 뜨거운 눈물이 볼을 타고 또르르 흘러내렸다.

"다행이잖니."

원장님이 처음 만난 날처럼 또다시 이상한 말을 했다. 하지만 그땐 달팽이 얘기였고, 지금은 나에 대한 말을 하던 중이었다. 위로는 못 해 줄망정 다행이라니.

원장님이 야속해서 말이 뾰족하게 나왔다.

"뭐가 다행이에요?"

"선생님은 건우라는 아이를 본 적은 없지만, 민우 말대로라면 장난꾸러기인 건우도 친구가 많잖아. 그렇다면 민우에게도 금방 친구가 생길 테니까."

"네?"

"지금 민우에게 친구가 없는 건 민우가 이상한 아이라서가 아니야. 민우가 마음 문을 닫았기 때문이야. 마음에 입은 상처 때문이지. 그리고 그건 민우 잘못이 아니고."

주먹 쥔 내 손이 가늘게 떨렸다.

"민우가 마음 문을 닫은 걸 친구들도 다 느끼고 있을 거야. 그래서 다가가지 못하는 거고."

생각해 보면 건우는 아이들에게 말을 잘 걸었다. 책상을 덜걱거린다고 민서에게 화를 냈던 날도 나중엔 같이 초콜릿을 나눠 먹으며 웃고 있는 걸 봤다. 이어서 내 모습이 떠올랐다. 아무것에도 관심 없다는 듯 창밖만 내다보는 내 모습이. 그리고 다가오는 정다운을 밀어냈던 모습도.

"이제 서서히 마음의 문을 열면 어떨까? 민우가 잃어버린 마음 문 열쇠를 같이 찾아보자. 친구가 꼭 많을 필요는

없어. 사람은 단 한 사람의 온기만으로도 충분히 살아갈 수 있거든."

한 사람의 온기. 그 말이 마음에 콕 와서 박혔다.

원장님이 책상 위에 놓은 액자 사진을 바라보았다. 거기엔 원장님 부인으로 보이는 아줌마와 내 또래 여자아이가 있었다.

"선생님 딸도 민우와 비슷한 일을 겪었어. 그때가 선생님도, 선생님 아내도 무척 바쁠 때였거든. 사람의 마음을 치료하는 일을 하면서도 정작 하나뿐인 딸의 마음은 들여다보지 못했단다."

원장실이 침묵에 빠졌다. 누군가 침을 꼴깍 삼키는 소리가 들리는 것 같았다.

"그래서 원장님 딸은 어떻게 됐어요? 지금은 괜찮아요?"

침묵을 깨고 내가 물었다. 나와 비슷한 일을 겪었다는 원장님 딸이 어떻게 되었는지 너무나 궁금했다. 그 아이의 모습이 나의 미래가 될 수도 있으니까.

"엄마랑 외국에 가 있어. 그 일로 아내도, 선생님 딸도 마음의 상처를 많이 입어서. 다행히 이제는 많이 좋아졌단다. 민우야, 네 마음을 잘 들여다보고 살펴야 해. 물론 그게 쉽지는 않을 거야. 자기 마음을 들여다보는 건 쉬운 일이 아니거든. 무섭고 힘들어서 피하는 사람도 많고. 선생님도 그랬는걸. 그렇지만 피하는 건 아무것도 해결해 주지 못해. 그걸 잊지 마."

원장님 말대로 나는 마음을 들여다보지 못했다. 마음 깊숙한 곳에 있는 상처를 바라보는 게 무서워서 외면하는 쪽을 택했다. 아픔이 있는 아이라는 걸 남들에게 들키기도 싫었다.

누구와도 이야기하지 않고 혼자 창밖만 바라보았다. 그러면 아무 일도 일어나지 않았다. 내 것이 아닌 다른 사람의 것인 듯 아픈 기억을 애써 모른 체했는데, 그걸 다시 마주하라니. 내가 할 수 있을까.

다음 날 나는 종일 눈으로 정다운을 좇았다. 어떤 애인가 자세히 살펴보고 싶었다.

정다운은 정말 잘 웃었다. 얼굴이 희고 둥근데 거의 온종일 웃고 있어 꼭 보름달 같았다. 반에서 덩치가 가장 큰 녀석이 발걸음은 사뿐사뿐하니 가벼웠다. 발걸음이 저래서 축구도 잘하는가 싶었다. 그리고 수업 시간에는 연필을 돌리는 버릇이 있었다.

자꾸 쳐다보니까 정다운도 눈길을 느꼈는지 내 쪽을 바라봐서 눈을 마주칠 뻔한 적도 있었다. 그 전에 내가 재빨리 고개를 돌렸지만.

점심시간이 끝나 갈 무렵, 정다운이 다가와 내 옆에 앉았다.

내가 멀뚱멀뚱 바라보자 정다운이 말했다.

"민우야. 나한테 무슨 할 말 있어?"

"응?"

"자꾸 쳐다보길래 할 말 있나 해서."

같은 말인데 이렇게 다를 수 있을까. 이 말을 지난 학교 정다운에게도 들었다. 그때는 시비 거는 말투라 긴장

됐는데 지금 내 앞의 정다운은 정말 궁금하다는 표정뿐이었다.

나는 주변을 살펴 근처에 다른 아이가 없는 걸 확인하고는 속삭이듯 물었다.

"너, 왜 나한테 자꾸 잘해 줘?"

정다운이 당연하다는 듯 대답했다.

"친해지고 싶으니까."

"왜?"

"그냥."

말문이 막혔다. 그냥이라니. 너무 뜻밖의 대답이라 당황스러웠다. 뭔가 이유가 있을 줄 알았는데.

정다운이 다시 속삭이듯 말했다.

"친구 하는 데 이유가 어딨어. 좋으면 그냥 친구 하는 거지. 내일 아침에 나랑 만나서 같이 학교 올래? 아! 내일은 토요일이지."

뭐가 그렇게 재미난지 킥킥대는 정다운의 눈을 바라보고 알았다. 정다운은 달팽이 같은 아이다. 수박을 먹으면 불그스름한 똥을 싸고, 상추를 먹으면 초록 똥을 싸는 달팽이처럼 겉과 속이 똑같은 아이. 그런 정다운과 이제 친구가 되고 싶다고 내 마음이 말하고 있었다.

다시 한번 내 마음을 들여다보았다. 나는 아직도 나를 괴롭히던 정다운에게서 벗어나지 못하고 있었다. 이제는 그만 나를 잡아끄는 옛 기억에서 벗어나고 싶었다. 그러려면 그 전에 꼭 해야 할 일이 있다.

학교 끝나면서 엄마에게 전화를 걸었다.

"엄마, 나 오늘 꼭 정다운 만나야겠어. 그리고 사과받아야겠어. 예전 학교…… 정다운에게."

"정다운을? 오늘?"

나는 마치 내 앞에 엄마가 있기라도 한 듯 고개를 한 번 크게 끄덕였다. 오늘 하지 않으면 내일은 더 큰 용기를 내야만 할 것 같았다. 나도 모르게 솟아난 눈물을 손등으로 훔치고 말했다.

"어, 꼭 오늘이어야 해."

엄마는 잠시 말이 없다가 대답했다.

"오늘은 엄마가 근무하니까 힘들고, 내일도 같은 마음이면 그렇게 하자. 내일은 토요일이니까."

나는 알겠다고 대답하고 전화를 끊었다.

달팽이의 이름

다음 날이 밝았다. 눈을 뜨자마자 생각했다. 나의 마음이 어제와 같은가 다른가를. 하룻밤 자고 일어나도 내 마음은 그대로였다.

안방 문을 열고 아직 침대에 누워 있는 엄마에게 조용히 말했다.

"엄마, 오늘도 마음이 같아."

엄마가 눈을 비비며 일어나 침대에 걸터앉았다.

그리고 잠깐 무언가를 생각하더니 입을 열었다.

"그래, 엄마가 이따가 다운이 엄마한테 전화해 볼게."

엄마가 눈시울을 붉힌 채 나를 꼭 안아 주었다.

점심을 먹기 전, 엄마는 핸드폰 액정을 손가락으로 두드리며 안방으로 갔다. 잠시 후 엄마가 누군가와 통화하는 소리가 들렸다. 무슨 내용인지 들리지 않았지만, 통화하는 사람은 아마 정다운 엄마일 것이다. 가슴이 두근거렸다.

통화를 마친 엄마가 안방에서 나와 말했다. 두 시간 후에 정다운과 정다운 엄마가 올 거라고. 나는 말없이 고개를 한 번 끄덕였다.

정다운이 오기로 한 시간에 우리는 아파트 놀이터로 나갔다. 놀이터 벤치에서 엄마는 내 손을 꼭 잡았다. 시간이 갈수록 가슴이 점점 두근거렸다. 괜한 일을 벌였나, 지금이라도 그냥 집에 들어갈까 싶기도 했다. 하지만 그만 끝내고 싶은 마음이 더 컸다. 작년에 힘들었던 것도 모자라 지금까지 힘이 드는 건 너무 억울했다. 내 잘못이 아니니까, 내 탓이 아니니까.

잠시 후 거짓말처럼 정다운과 정다운 엄마가 나타났다. 정다운을 보자 심장이 크게 뛰었다. 그리고 목과 어깨, 손끝이 떨려 왔다. 내 몸이 정다운을 기억하고 있었다. 나는 솟아나려는 눈물을 겨우 참으면서 마음속으로 같은 말을 되뇌었다.

'내 잘못이 아니야, 내 탓이 아니야.'

엄마가 먼저 정다운 엄마에게 다가가 인사했다. 정다운은 엄마 옆에 서서 고개를 푹 숙이고 있었다. 엄마들끼리 통화하고 나서 부모님께 단단히 혼이라도 난 건지 어쩐지 예전과 다르게 주눅이 든 것처럼 보였다. 엄마들은 조금 떨어진 곳에서 잠시 무언가 이야기를 나누었다. 주로 엄마가 말했고 정다운 엄마는 연신 고개를 끄덕였다.

잠시 후 정다운 엄마가 나에게 다가와 말했다.

"민우야, 아줌마가 민우에게 사과하기 전에 먼저 우리 다운이한테 사과를 받는 게 좋을 것 같은데 괜찮겠니?"

"네!"

나는 조금 큰 소리로 대답했다. 그러려고 정다운을 만

나게 해 달라고 했으니까.

벤치에 정다운과 내가 나란히 앉았다. 엄마들은 조금 멀찍이 떨어져 서 있었다. 말소리는 들리지 않을 테지만 우리의 표정은 볼 수 있을 정도의 거리였다.

막상 정다운이 옆에 있으니까 그 많던 질문이 하나도 기억나지 않았다. 아니, 몽땅 뒤섞여 버린 것만 같았다.

한참이나 고르다가 그중 하나를 골라 물었다. 가장 궁금하고, 가장 물어보고 싶던 질문을.

"너, 나한테 왜 그랬어?"

"으응?"

"그게 늘 궁금했어. 나한테 왜 그랬는지. 내가 그렇게 싫었어?"

정다운이 고개를 푹 숙이며 말했다.

"아니, 싫은 건 아니고. 그냥 장난으로……."

"장난?"

"어. 네가 말이 없는데 표정으로는 다른 애들보다 반응을 더 잘해서……. 게다가 선생님한테 이르지도 않으니까,

점점."

"장난인지 아닌지, 그건 네가 정하는 게 아니야, 정다운."

나는 숨을 한 번 크게 쉬고 다시 말했다.

"그건 내가 정하는 거야. 나한텐 장난이 아니었어. 괴롭힘이었어. 그리고 난 지금도 네가 나를 괴롭히는 꿈을 꾸니까 넌 아직도 날 괴롭히고 있는 거야."

정다운이 우물쭈물하다 대답했다.

"미, 미안해. 나쁜 짓인 건 알았는데 네가 이렇게까지 힘든 줄 몰랐어. 아직도 날 미워할 줄도 몰랐고."

"내가 널 미워하는 게 기분 나빠?"

"아니, 내 말은 그게 아니라."

"지금 네가 느끼는 기분보다 난 천배는 더 힘들었어. 너는 오늘 처음이겠지만, 나는 계속 힘들었다고."

"정말 미안해."

"미안하다는 말 한마디로 다 끝낼 수 있어? 나는 매일 괴로웠는데 넌 한마디로 그렇게 쉽게?"

정다운이 울음이 잔뜩 섞인 목소리로 떨면서 말을 쏟아 냈다.

“진짜 미안해. 내가 앞으로 매일 와서 사과할게. 네 기분이 풀릴 때까지.”

나는 한참 뒤에 겨우 한마디를 했다.

“아니! 너를 다시는 보고 싶지 않아. 언젠가 내가 너를 용서해도 될 것 같단 생각이 들 때, 그때 용서할 거야.”

잠시 숨을 고르고 내가 마지막 말을 이었다.

“대신 다시는 아무도 괴롭히지 말아 줘.”

오래 참았던 말이었다. 밖으로 꺼내기가 무서워 마음속으로 생각만 했던 말들이었다. 이렇게 쏟아 내고 나니 그 긴 시간을 참았다는 게 어이없을 정도로 후련했다. 가슴에 시원한 바람이 한 자락 지나가나 싶더니 갑자기 눈물이 솟아났다.

정다운이 엉엉 소리 내어 울기 시작했다. 나한테 진심으로 미안해서 그런 건지, 어른들에게 혼날 일이 무서워서 그런 건지는 알 수 없었다. 그렇지만 이제는 내 옆에 앉아

있는 정다운과 정말로 이별할 수 있다는 걸 알았다.

집으로 돌아와 달팽이 사육장 앞으로 갔다. 한참을 바라보다 조심스레 나의 달팽이를 집어 들어 손바닥에 올려놓았다.

그리고 이렇게 말했다.

"안녕, 이제부터 네 이름은 민우야. 나랑 같은 이름."

크림 스파게티

월요일부터 정다운은 학교에 나오지 않았다. 가족여행 가느라 체험 학습을 냈다고 했다. 정다운이 오면 이번에는 내가 먼저 말을 시키려고 잔뜩 마음먹고 있었는데, 조금 기운이 빠졌다. 막상 정다운이 보이지 않으니까 마음 한구석이 허전했다.

섭섭한 마음도 밀려왔다. 나랑 친해지고 싶다더니 체험 학습 간다고 말 한마디 안 해 주나, 이런 마음이 든 것이다. 내가 먼저 밀쳐 낼 때는 언제고.

다시 목요일이 왔다. 아침에 일어났는데 집 안 공기가 평소와 달랐다. 항상 일찍 일어나던 엄마가 여전히 침대에 누워 있었다.

"민우야. 엄마가 몸이 많이 안 좋아. 오후에도 계속 아프면 아무래도 병원에 너 혼자 가야 할 것 같은데. 갈 수 있겠어? 아빠는 오늘 도저히 시간을 낼 수 없대. 지난번에 예약 시간 바로 전에 한 번 취소한 적 있잖아. 그랬더니 꼭 제시간에 와 달라고, 못 오면 일찍 말해 달라고 전화가 왔거든. 아마 기다리는 환자가 많아서 그런가 봐."

"괜찮아, 엄마. 나 혼자 다녀올 수 있어."

"그래, 기특하다. 병원에 전화해 놓을게. 엄마가 미안해."

"미안하긴 뭐가……. 약 먹고 푹 쉬세요."

학교를 마치고 처음으로 혼자 병원에 갔다. 원장님과 상담을 마치고 다음 예약을 하려 간호사 선생님과 이야기하고 있을 때였다.

"이민우."

눈앞이 하얘졌다. 병원 안으로 들어오는 정다운과 눈이 딱 마주친 것이다. 나는 바위가 된 것처럼 꼼짝할 수가 없었다. 쿵쾅대는 심장 소리가 너무 커서 정다운에게 들킬 것만 같았다.

'정다운이 왜 여기 왔지? 여긴 남자 의사 선생님 한 명뿐인데. 그럼 엄마가 간호사 선생님인가? 아니, 간호사 선생님들은 모두 젊잖아. 나보고 왜 왔냐고 물으면 뭐라고 대답하지? 혹시 정다운도 나처럼 상담 치료를 받는 걸까?'

생각이 머릿속에서 마구 춤을 추는데 정다운이 간호사 선생님에게 말했다.

"엄마 심부름 왔어요. 아까 원장님이 두고 가셨대요."

"원장님 책이네. 고마워, 다운아."

정다운이 말을 마치고 나에게 다가왔다.

"이민우, 너 여기 다녀?"

마른침을 한 번 꿀꺽 삼키고 대답했다.

"어? 어……. 그런데 선생님이 너 여행 갔다던데."

"응. 제주도 갔다가 오늘 아침에 왔어. 나 체험 학습 낸 거 까맣게 잊고 있다가 갑자기 끌려갔잖아. 엄마가 나보고 왜 그렇게 잘 까먹느냐고 잔소리를 얼마나 하던지. 그런데 말이야, 내가 제주도에서."

길어지려는 정다운의 말을 조심스럽게 자르며 물었다.

"혹시 너희 엄마 의사 선생님이야? 아니면……."

내 물음에 정다운은 대답 대신 엉뚱한 소리를 했다.

"따라와 봐."

나는 얼떨결에 정다운을 따라갔다. 정다운이 엘리베이터 1층 버튼을 눌렀다. 층수를 나타내는 숫자가 5에서 1로 바뀌는 동안 우리 둘 다 아무 말도 하지 않았다. 정다운이 나를 데려간 곳은 1층 안쪽 구석에 있는 '나폴리'라는 작은 이탈리아 식당이었다. 이곳에 식당이 있는 줄은 몰랐다. 정다운이 식당 문을 열며 소리쳤다.

"엄마, 우리 반 친구 이민우야. 내가 전에 우리 아파트에 친구 산다고 얘기했지."

정다운 엄마가 나를 보고 활짝 웃으며 다가왔다.

"어머, 잘 왔네. 다운이 친구니까 아줌마가 특별 대접을 해 줘야지. 뭐 먹고 싶니?"

"아, 아뇨. 괜찮아요."

내가 손사래를 치자 정다운이 말했다.

"민우야. 우리 가게 스파게티 진짜 맛있어. 너는 어떤 거 좋아해? 토마토? 크림?"

다운이의 물음에 그날이 떠올랐다. 혼자 크림 스파게티를 먹은 날. 맛있는 걸 먹어도 자꾸만 눈물이 차오르던 날. 더는 크림 스파게티를 먹지 못하게 된 날이. 하지만 내가 좋아하는 건, 내가 좋아하는 것은.

"아, 나는 크, 크림……."

"우리 아들도 크림 스파게티 좋아하는데, 친구도 똑같네. 잠깐만 기다려."

잠시 후 김이 모락모락 피어오르는 크림 스파게티 두 접시가 우리 앞에 놓였다. 나는 선뜻 먹지 못하고 포크만 만지작거렸다. 어서 먹으라는 정다운의 눈빛과 마주쳤을 때 입안에서 맴돌던 말을 어렵사리 꺼냈다.

"저기…… 애들한테 나 여기 다니는 거 비밀로 해 줄 수 있어?"

정다운이 입가에 소스를 잔뜩 묻히며 스파게티를 먹다 대수롭지 않다는 듯 말했다.

"나도 다닌 적 있어."

"뭐?"

"나도 정신과 다닌 적 있다고. 너처럼 푸른정신과. 2학년 때 틱이 좀 심했거든."

나는 입을 벌린 채 정다운을 바라보았다. 늘 웃는 정다운이 그런 적이 있을 거라고는 꿈에도 생각해 보지 못해서였다. 다운이가 물을 한 모금 마시고 말했다.

"실은 너, 전에 여기서 본 적 있어. 전학 온 지 얼마 안 되었을 때. 근데 그게 뭐. 푸른 원장님이 이 아프면 치과 가고 감기 걸리면 내과 가는 것처럼 마음이 아플 때는 정신과 가는 거랬어. 마음도 몸처럼 가끔 아프기도 하다고. 누구나 그럴 수 있대."

아빠가 전에 한 말과 같은 말이다. 그리고 정다운도 나

메뉴

토마토 스파게티
크림 스파게티
MENU

처럼 의사 선생님을 푸른 원장님이라고 불렀다.

어느새 접시 두 개가 싹 비워졌다. 스파게티가 뜨거워서인지 가슴 근처가 후끈거렸다.

"다음에 우리 엄마한테 또 맛있는 거 해 달라고 하자."

그러고 싶었다. 정다운네 스파게티는 지금까지 먹어 본 것 중에 가장 맛났으니까.

인사를 나누고 식당 밖으로 나섰다. 하지만 몇 걸음 못 가 발길을 돌려야 했다. 정다운에게 할 말이 있었다. 나는 식당 문을 열고 들어가 큰 소리로 말했다.

"정다운! 우리 내일, 학교 같이 가자."

OPEN

초등 읽기대장

또 정다운

초판 1쇄 펴낸날 2025년 2월 20일

글 소향 | **그림** 해랑
편집장 한해숙 | **기획편집** 신경아, 이경희 | **디자인** 최성수, 이이환 **마케팅** 박영준 | **홍보** 정보영 | **경영지원** 김효순
펴낸이 조은희 | **펴낸곳** ㈜한솔수북 | **출판등록** 제2013-000276호 | **주소** 03996 서울시 마포구 월드컵로 96 영훈빌딩 5층
전화 02-2001-5822(편집), 02-2001-5828(영업) | **전송** 0303-3040-0108 | **전자우편** isoobook@eduhansol.co.kr
블로그 blog.naver.com/hsoobook | **인스타그램** soobook2 | **페이스북** soobook2
ISBN 979-11-94439-10-3

어린이제품안전특별법에 의한 제품 표시
품명 도서 | **사용연령** 만 7세 이상 | **제조국** 대한민국 | **제조자명** ㈜한솔수북 | **제조년월** 2025년 2월

큐알 코드를 찍어서
독자 참여 신청을 하시면
선물을 보내 드립니다.

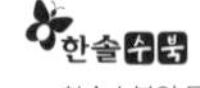

한솔수북의 모든 책은
아이의 눈, 엄마의 마음으로 만듭니다.